LE

SIÉGE DE LYON,

POËME.

Le
SIÉGE DE LYON,

Poëme dithyrambique

COURONNÉ PAR L'ACADÉMIE DE LYON

le 31 Août 1825.

Par F. Coignet, de St-Chamond.

SUIVI DE NOTES HISTORIQUES.

PARIS.
A. DUPONT ET RORET, LIBRAIRES,
QUAI DES AUGUSTINS, N.° 37.
LYON.
J. B. PEZIEUX, LIBRAIRE,
PLACE LOUIS-LE-GRAND, N.° 17.
1825.

« ...... Heure inévitable ! on veut en vain résister à la
« destinée, lorsque la destruction appelle ses cruels enfans
« dans une ville malheureuse ! Si ses arrêts n'étaient pas
« irrévocables, Ilion et Tyr seraient encore debout, la vertu
« triompherait des obstacles, et le meurtre cesserait de pros-
« pérer. »

CHILDE-HAROLD. (Chant I, strophe XLV.)

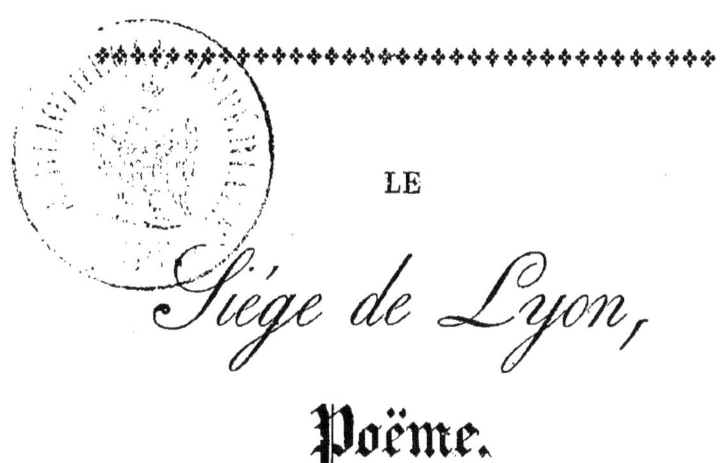

LE SIÉGE DE LYON, POËME.

> Fidèles à leur Dieu, fidèles à leurs rois,
> C'est l'honneur qui leur parle, ils marchent à sa voix.
>
> VOLTAIRE (Henriade).

NON loin de la cité, grande par son courage,
Grande par ses malheurs et par son dévoûment,
Le voyageur découvre, au-delà du rivage,
Les murs d'un pieux monument....

Là ne sommeille point l'ombre d'un Alexandre....
C'est l'asile des preux que le sort a trahis :
Panthéon de la gloire, il recèle la cendre
Des héros morts pour leur pays.

Là, souvent une mère, une épouse fidèle,
D'un fils, d'un tendre époux pleurent le souvenir;
Là, les regards tournés vers la sombre chapelle,
Le passant recueille un soupir.

Un soir, rêveur et solitaire,
Du fleuve je suivais le cours;
C'était au déclin des beaux jours,
Tout semblait mourir sur la terre....
Les champs étaient déserts, l'écho silencieux;
La feuille, jouet des orages,
Voltigeait avec les nuages;
L'onde réfléchissait l'obscurité des cieux....

Je marchais triste, et de la rive
Mes pas s'éloignaient incertains....
Tout-à-coup des accens lointains
Réveillent mon ame attentive.

J'écoute, je m'approche... Attendrissant tableau!
Au pied du mausolée, à genoux sur la pierre,
J'aperçois un vieillard plongé dans la prière;
Un jeune-homme est debout, rêvant sur un tombeau.
Le silence, le lieu, ces portiques funèbres,
Cet appareil de mort, au milieu des ténèbres,
Ajoutent un prestige à ce tableau touchant....
Mais le vieillard se lève, il va parler: silence!
Muse, prête à ma voix la sublime éloquence
De son funèbre chant!!!

« Ils sont là; ce gazon recouvre leur poussière...
Pleurons, mon fils, pleurons tes frères massacrés...

Des tigres dans leur sang se sont désaltérés,
Ils en ont abreuvé leur terre nourricière....»

—« Mon père, oh! redis-moi les glorieux combats,
Redis-moi l'origine et la fin déplorable
De cette lutte mémorable
Qui de tant de héros signala le trépas!
Ces récits trop souvent refusés à mon âge,
Tu peux les confier maintenant à ton fils:
J'ai seize ans, que crains-tu? parle, décris l'orage,
Nous foulons en paix ses débris.....»

Le vieillard, à ces mots, essuyant quelques larmes:
« Tu veux renouveler de sinistres alarmes,
Ecoute... Et vous, dit-il, salut, mânes chéris....

« Comme un affreux torrent s'échappe avec furie,
Submerge et le pasteur et les troupeaux épars,

Terrible dans son cours, sur la France flétrie
La terreur promenait de sanglans étendards.
Tout pliait. Cependant au sein de la tempête
Une cité debout, seule garde ses droits;
Cette noble cité, c'est Lyon! Elle est prête
A braver les tyrans, à mourir pour ses rois.
L'amour, le saint amour d'une liberté sage,
Chez elle, par ces rois, fut toujours respecté;
Fidèle à ses sermens, dans son libre esclavage,
Elle criait encor : LIBERTÉ, LIBERTÉ!!!

« Ce cri, de l'anarchie excite la vengeance,
Profané dans sa bouche, il remplit l'univers;
Elle seule a le droit d'en étourdir la France,
En l'accablant de fers.

« Contre la ville rebelle
On accourt de toutes parts,

Partout le glaive étincelle;
On investit nos remparts.
Pour inonder nos campagnes
On voit fondre des montagnes
De farouches bataillons:
Tels, aux champs de la Norwége,
Des flots de glace et de neige
Au loin couvrent les sillons.

« Et toi, dans ces jours de détresse,
O Lyon! ouvrais-tu tes murs à nos bourreaux?
Tes murs! ils sont fermés. On s'agite, on se presse.
Ton sol enfante des héros.

« Pour fléchir cependant un ennemi perfide,
Le front ceint d'un rameau qui sera leur égide,
Tu députes vers lui des envoyés de paix.
Un salut fraternel accueille leur message....

Mais on en fait bientôt un horrible carnage!!!
« Vengez-nous, ont-il dit; armez-vous, Lyonnais... »

« Armons-nous, vengeons leur outrage!
« Répètent à la fois le peuple et nos guerriers;
« Qu'ils tombent les tyrans, écrasés par l'orage
« Dont ils menacent nos foyers!!! »

« Soudain le fer des batailles
Couvre les murs de Plancus:
Tels s'armaient dans leurs murailles
Les enfans de Dardanus.
Comme eux notre résistance
Mit le comble à la vengeance
D'un ennemi furieux;
Mais elle était légitime,
Et leur cause était un crime
Qu'avaient réprouvé les dieux.

« Ici le jeune époux se dérobe à sa couche,
A la mort il court s'exposer;
Sa compagne tremblante a reçu de sa bouche
Peut-être le dernier baiser.
Là, blanchi par les ans, mais jeune de courage,
Le vieillard paraît dans les rangs;
Plus loin, l'enfant s'écrie en maudissant son âge :
« Je veux combattre les tyrans! »
Ce sexe faible et sans défense
Qui n'a d'autre pouvoir que celui de ses yeux,
Comme la vieillesse et l'enfance
Veut défendre ou venger ses foyers et ses dieux.

« Dirai-je tes exploits, courageuse amazone,
Toi, qu'on eût prise au feu de tes nobles regards,
Ou pour la fille de Latone,
Ou plutôt pour la sœur de Mars?
Quelques printemps marquaient ta riante carrière,

L'hymen et l'amitié te couronnaient de fleurs...
Gloire à ton dévoûment, magnanime Lolière,
Tu ne vis que le sort de la patrie en pleurs!

« Quelle est, à tes côtés, cette vierge modeste
Qui de l'airain vengeur allume les éclairs?
C'est Adrian. L'amour, dans son regard céleste,
Brille comme ces feux qui sillonnent les airs.
Telle on vit autrefois, aussi jeune, aussi belle,
La Sappho de nos bords, sous le nom de Loys,
A son prince, à l'honneur, à son amant fidèle,
Assiéger des états que sa lyre eût soumis....
A peine l'une et l'autre avaient vu seize automnes,
Et la gloire et l'amour leur tressaient des couronnes.

« Tel fut, dit le vieillard, notre premier transport. »
— « Mon père, il méritait sans doute un meilleur sort.
— « Contre nous cependant s'arment nos propres frères.

L'espace de ces flots amis
Sépare un peuple d'ennemis:
Leur lit ensanglanté sert de lits funéraires
Aux victimes des deux partis....

« O crimes de ces temps! ô fureur vengeresse!
Déplorables excès du pouvoir des tyrans!!!
Malheur à tout ami, cédant à la tendresse,
Qui, pour voir un ami, s'écarte de ses rangs!

« De ces jours de deuil et d'alarmes
Qui pourrait retracer les pénibles travaux?
L'existence n'a plus de charmes...
Le soldat ne quitte ses armes
Que pour voler ailleurs à des périls nouveaux.

« L'astre du jour, en vain dans sa marche éclatante
Prodigue à longs flots sa clarté;

En vain, paisible et consolante,
L'ombre du soir répand sa douce obscurité;
Le désordre est pour nous dans la nature entière.
Des nuages épais de flamme et de poussière
Du jour voilent les rayons purs;
Et, la nuit, sur nos tristes murs,
Mille bouches de feu vomissent la lumière.

« Des femmes vainement, des enfans, des vieillards
S'élancent sur la bombe, et d'une main hardie
En arrachent les feux autour de nous épars;
Partout la foudre allume un horrible incendie...

« O fille du commerce! ô superbe cité
Séjour de la piété sainte,
Des arts, de l'industrie et de la liberté!
Qu'as-tu fait des beaux jours de ta prospérité?
Où sont les monumens qui peuplaient ton enceinte?..

Dieu! la flamme s'élance en replis ondoyans!..
Quelle clarté soudaine au milieu des ténèbres!
Quels longs gémissemens! quelles plaintes funèbres!
D'où partent ces cris effrayans?

« Monstres plus altérés que le tigre sauvage,
Quoi! votre impitoyable rage
Ose attaquer ces murs sacrés,
Ces murs à la douleur par nos mains consacrés!

« Sur le dôme du saint hospice
En vain flotte à leurs yeux l'étendard de la mort;
De leurs blessés, en vain ceux qu'épargna le sort
Reposent dans le sein du pieux édifice:
Rien n'est sacré pour eux. J'ai vu, dans une nuit,
J'ai vu quarante fois ces victimes sanglantes,
Que respecta le fer et que le feu poursuit,
Affronter, conjurer les flammes menaçantes...

« A la faveur des feux vainqueurs de nos efforts,
J'ai vu ces femmes intrépides
Qui de la charité dispensent les trésors,
S'élancer au travers des charbons homicides;
J'ai vu des malheureux échapper dans leurs bras
Aux horreurs d'une mort cruelle;
J'ai vu l'abîme affreux s'entr'ouvrir sous leurs pas;
Il n'est aucun péril que n'affronte leur zèle....

« Aux assauts du trépas leurs jours sont destinés;
Près d'un lit de douleur, au milieu des ruines,
Il sourit à ces héroïnes,
Pourvu qu'il soit utile à des infortunés.

« Déjà deux mois entiers, planant sur des victimes,
La nuit avait prêté son voile à tant d'horreurs:
Notre sang s'épuisait. Mère de tous les crimes,
La famine déjà nous montrait ses fureurs;

Mais nos vertus semblaient croître dans la détresse....
En un pareil désastre on a vu dans Paris
Une femme, que dis-je? un monstre, une tigresse,
D'un parricide acier trancher les jours d'un fils,
Et d'une avide main par la faim égarée,
Préparer ce repas, festin digne d'Atrée!!!

« Ici, pour racheter les jours de ses enfans,
Quelle mère n'eût pas livré son existence?
On souffrait sans murmure, on mourait en silence;
On réservait le pain pour des bras triomphans.

« Le bronze enfin se lasse: et, prodige effroyable!
Se refuse à porter la terreur dans nos rangs...
Mais qui peut enchaîner le bras infatigable
Et la colère des tyrans?..

« Tout conspire avec eux: la trahison infâme

Arbore les signaux qui dirigent leurs coups;
Des lâches cachés parmi nous
Y sèment l'épouvante, y propagent la flamme...
Voyez-vous l'incendie atteindre ces créneaux?
Entendez-vous au loin les éclats de la foudre?
Voyez-vous ces éclairs, ces magasins en poudre?
C'en est fait; sous leurs mains croulent nos arsenaux...

« Accourez, citoyens, veillez sur ces décombres;
De ces feux mal éteints arrêtez les progrès...
Vous, vieillards, observez, à la faveur des ombres,
Des malveillans épars les sinistres apprêts!

« Femmes, allez dans nos temples
Fléchir le courroux des cieux!
Vous, soldats, par vos exemples
Enchaînez les factieux....
Aux armes!... De nos redoutes

L'ennemi franchit les routes;
Rassemblons nos défenseurs...
Qu'il trouve sous nos murailles
Le sort et les funérailles
Qu'on réserve aux oppresseurs!!!

« Qu'entends-je? le beffroi sonore
A coups pressés signale un extrême danger...
Dieu juste, Dieu vengeur, daigne nous protéger,
Sauve ce peuple qui t'implore!

« Où courez-vous, soldats? guerriers, où fuyez-vous?
« Avez-vous oublié vos femmes et vos mères?
« Ne vous souvient-il plus du destin de vos frères?
« Arrêtez, ou craignez leurs mânes en courroux!!!
« Voyez, à la faveur d'une étroite chaussée,
« Ce farouche ennemi vous braver fièrement;
« Il s'approche: déjà sa phalange pressée

« Fait retentir les airs d'un long rugissement...
« Soldats, voici l'instant de périr avec gloire;
« Qu'il paye avec du sang ses funestes progrès!
« Que le laurier de sa victoire
« Soit entrelacé de cyprès!!! »

« Malgré les feux croisés de sa mousqueterie,
Soudain on le charge de front:
Tel, mais moins terrible et moins prompt,
Le fier lion disperse une meute en furie...

« Ils tombent, nos guerriers; mais ils tombent vainqueurs;
Mais leurs corps, en tombant, foulent sur la poussière
Des tyrans abattus la dépouille dernière;
Mais en tombant, du moins, ils laissent des vengeurs....

« Surpris, épouvantés, les vaincus à la nage
Du fleuve regagnent les bords;

Ivre de sang et de carnage,
Le reste va bientôt compter parmi les morts. .

« Vingt fois, au même instant, des phalanges nouvelles
D'un téméraire assaut affrontent les hasards,
Et vingt fois nos guerriers, sortant de leurs remparts,
Repoussent dans leurs camps ces phalanges rebelles.

« Oh! qui me redira leurs faits victorieux?...
Qui me répètera vos noms chers à l'histoire,
Ces noms d'attendrissante et terrible mémoire,
Vous qui cherchiez ensemble un destin glorieux?..
Vous, Précy, Durozier, Maubourg, dont le courage
En imposait encor quand vous fûtes vaincus,
Et vous, pour qui l'écho de ce triste rivage
Fit résonner les noms d'Euriale et Nisus,
Et vous, Montbrisonnais, dont les faits héroïques
Sont aussi consignés dans nos fastes civiques...,

Si le ciel eût permis que nous fussions sauvés,
Vos efforts généreux, votre exemple sublime,
Nous eussent pour toujours préservés de l'abîme...
Mais à d'autres malheurs nous étions réservés.

« La trahison, la faim, la discorde inhumaine,
Rendaient de jour en jour notre zèle impuissant.
Des ennemis, surtout, le flot toujours croissant,
Nous présageait, hélas! une perte prochaine.
De lugubres pressentimens
Redoublaient encor nos alarmes;
Aux fronts de nos guerriers on avait vu des larmes,
La tombe avait rendu de sourds gémissemens!!!

« L'ombre du roi martyr, au sein de la nuit sombre,
Apparut à plusieurs: non point tel qu'autrefois,
Revêtu de la pourpre et du manteau des rois,
Et d'un regard paisible en imposant au nombre;

Mais pâle, mais sanglant, mais traînant les lambeaux
Seuls vêtemens des rois dans la nuit des tombeaux...
Sur un dernier écrit ces mots : JE LEUR PARDONNE,
Attestaient le monarque, au défaut de couronne.

« C'est assez, disait-il, guerriers infortunés,
« Combattre pour vos rois et pour votre patrie...
« Le crime doit souiller cette terre flétrie...
« D'un laurier immortel vos fronts sont couronnés...
« Fuyez!!! des flots de sang vont inonder la France,
« Le mien n'a pu suffire à la soif des bourreaux...
« La gloire a ses martyrs comme elle a ses héros....
« D'un avenir meilleur emportez l'espérance!!! »

« Bientôt il s'accomplit, cet oracle effrayant :
Déjà des ennemis s'élancent les cohortes,
Des milliers d'assassins envahissent nos portes.
Le peuple épouvanté se disperse en fuyant...

« Alors on vit entrer la Vengeance et la Rage :
Et des brigands titrés, plus bourreaux que vainqueurs,
Font tomber nos guerriers sous le fer des licteurs...
Ils n'avaient pu les vaincre, et leur main les outrage!!!

« Les monstres! qui pourrait désarmer leur courroux?
Le remords n'entre point dans leur âme servile;
Et leur bouche sourit, quand le vieillard débile
Ou la vierge tremblante expirent sous leurs coups...

« Jeune et belle Cochet, dont la vertu sublime
Aurait, en d'autres temps, obtenu des autels,
Et toi, de l'héroïsme et de l'amour victime,
Allez subir la mort des plus vils criminels!!!

« Place à vos compagnons d'infortune et de gloire...
A leur démarche altière, à leur noble fierté,
Je crois les voir encor marcher à la victoire;

Je vois pâlir le front d'un despote irrité:
Tels, du haut des bûchers dressés pour le martyre,
On a vu de la foi les premiers défenseurs,
D'un regard imposant, d'un céleste sourire,
Glacer d'un vague effroi leurs fiers persécuteurs.

« Ce mépris de la mort excite les alarmes
Du farouche triumvirat :
« Les couteaux sont trop lents, préparez d'autres armes! »
Et le bronze a mugi comme au jour d'un combat.

« Trois cents jeunes guerriers, faible et précieux reste,
Par d'avides soldats en ces lieux escortés,
Au courage, à la mort, l'un par l'autre exhortés,
D'un supplice nouveau font l'épreuve funeste.
Deux fossés sont ouverts : là, debout sur le bord,
Du canon, sans pâlir, tous attendent leur sort...
Ils entonnent en chœur une hymne à la patrie...

« Héros infortunés, cette même prairie,
Théâtre de vos jeux en des jours de bonheur,
Et qui pour vous, plus tard, devint un champ d'honneur,
Au pouvoir maintenant d'une horde barbare,
Va retentir des coups que leur bras vous prépare....
Le tonnerre a grondé.... des membres palpitans
Avec des flots de sang couvrent au loin la terre...
Incroyables fureurs!!! le fatal cimeterre
Promène encor la mort sur ces lambeaux vivans!!!

« De ces tableaux, mon fils, épargne-moi le reste,
Epargne à ma douleur des souvenirs affreux :
Puissions-nous dérober à nos derniers neveux
Ces sanglantes horreurs d'une époque funeste!

« Les dieux par des malheurs éprouvent les mortels....
Qui peut sonder, mon fils, leur sagesse infinie?
Nos pleurs les ont touchés... la discorde est bannie...

Leur souffle a relevé le trône et les autels!!!

«La paix, long-temps proscrite, en nos bords rappelée,
Cultive l'olivier né du sang des héros,
Et de nouvelles fleurs semant cette vallée,
Sa main sur des débris élève leurs tombeaux....

«D'un paisible sommeil qu'ils y dorment ensemble....
Qu'un laurier toujours vert, qu'un immortel cyprès,
Attestant les malheurs du lieu qui les rassemble,
Des siècles à venir appellent les regrets!

«Que leurs noms glorieux, à jamais d'âge en âge,
Par l'histoire transmis puissent se répéter,
Et qu'ils trouvent un jour sur ce même rivage
Un Virgile pour les chanter!!!»

Le vieillard se tut, et dans l'ombre

Sa voix se perdit par degrés;
Et l'écho de la voûte sombre
Résonna de ses chants sacrés.

Epilogue.

........*Manibus date lilia plenis.*
(ÆNEID. Lib. VI.)

Quittons la trompette guerrière,
Muse, reprenons le hautbois;
Des combats je crains la poussière,
J'aime le silence des bois.

Peu faite à lancer le tonnerre,
Ma main sur la lyre d'Homère

N'obtiendrait que de faibles sons....
Reprends tes modestes chansons,
Muse, suis-moi sous ces bocages;
Viens méditer sur ces rivages
Où les guerriers que tu chantas
Dorment du sommeil du trépas!!!

Couronné de fleurs et de gloire,
Mai nous ramène dans son cours
Un jour d'immortelle mémoire [1],
Des nuits belles comme des jours.

Vois son jeune soleil qui tombe :
Ses feux s'inclinent sur la tombe
De nos preux, qu'il se plaît encor
A couvrir de son réseau d'or [2].
On dirait que de sa lumière,

Voulant ranimer leur poussière,
Il quitte à regret l'horizon.
Reposons-nous sur ce gazon....
Et si ma voix faible et légère
A mal célébré leur malheurs,
Écartant la sombre fougère,
Que ma main leur tresse des fleurs !!!

---

[1] Ces vers ont été faits le 29 mai 1825, anniversaire d'une époque à jamais célèbre dans les fastes de Lyon.

[2] Allusion à l'auréole qui couronna le premier mausolée élevé à la mémoire des victimes du Siége.

VARIANTE.

VARIANTE.

Page 13, *après ces vers :*

Dont ils menacent nos foyers!!!

et en retranchant la strophe de dix vers qui le suit, on peut lire :

« Soudain le jeune époux se dérobe à sa couche ;
Du berceau de son fils il détourne les yeux :
Sa compagne tremblante a reçu de sa bouche
Le baiser du départ et ses derniers adieux.
Là, blanchi par les ans, mais jeune de courage,

Le vieillard s'est armé pour les derniers combats;
Plus loin, c'est un enfant qui, maudissant son âge,
Demande à se placer au milieu des soldats.
O pouvoir des vertus! ce sexe sans défense,
Si faible, si craintif à l'aspect du danger,
Aux périls qu'affrontaient la vieillesse et l'enfance
Se dévoue, et son bras s'arme pour nous venger!

«Dirai-je tes exploits, courageuse amazone, etc.

Durand et Perrin, impr.

www.ingramcontent.com/pod-product-compliance
Ingram Content Group UK Ltd.
Pitfield, Milton Keynes, MK11 3LW, UK
UKHW020947220726
13924UKWH00002B/535

9 782019 190927